MYSTÈRES ET CATASTROPHES

DE LA

TOUR ET DU CHATEAU DE NESLE.

5396

Y2

55934

MYSTÈRES ET CATASTROPHES

SANGLANTES

DE LA TOUR

ET DU

CHATEAU DE NESLE

AU XIVme SIÈCLE

AVEC UN PRÉCIS

ARCHÉOLOGIQUE ET HISTORIQUE.

BIBLIOTHEQUE NATIONALE R.F. IMPR.

PARIS,

Librairie populaire des villes et des campagnes,

Rue du Paon-Saint-André-des-Arts, 8.

1850.

15934

POISSY. — TYPOGRAPHIE ARBIEU.

PRÉCIS

ARCHÉOLOGIQUE ET HISTORIQUE.

La date précise de sa fondation est restée inconnue; on a des raisons cependant pour la fixer au XIII siècle. Philippe-Auguste, au moment d'aller en Palestine, voulut, par prévoyance, entourer Paris de remparts. Commencés en 1190, ils ne furent achevés que vingt ans après.

Outre le grand nombre de tours qui fortifiaient cette enceinte, il y en avait une sur chaque rive, à l'entrée de la Seine dans Paris et à sa sortie. A l'entrée, la tour de Billy, sur la rive droite, et la Tournelle sur la rive gauche. A la sortie, à droite, la tour qui fait le coin, ou tour de Bois, et à gauche la tour de Nesle, d'où partait le mur d'enceinte.

Hors de l'enceinte de la ville, qui s'appuyait à l'hôtel de Nesle, étaient le grand et le petit Pré-aux-Clers. C'étaient de vastes prairies où les élèves de l'Université allaient exercer leur turbulence; elles étaient situées entre l'esplanade des invalides et le bourg Saint-Germain, et embrassaient l'espace occupé maintenant par les rues de l'Université, de Verneuil, Jacob, du Colombier, des Petits-Augustins, etc.

Adossé à l'enceinte de Paris, se trouvait l'hôtel de Nesle, qui était situé sur une grande partie de l'emplacement que couvrent maintenant les rues de Nevers, d'Anjou, Guénégaud, et le palais de l'Institut, etc.

Cet hôtel présentait une façade de onze grandes arcades avec un enclos planté d'arbres, et dont l'extrémité, du côté des quais, était proche de l'église des Augustins, bâtie en 1368, sur le terrain occupé aujourd'hui par le marché de la Vallée.

Sa cour spacieuse et ses jardins s'étendaient à peu près sur la rut Mazarine et le quai Conti ou de l, Monnaie, autrefois quai de Neslee du nom de l'hôtel qui en occupaia toute la longueur.

Amauri de Nesle, propriétaire de l'hôtel de Nesle, le vendit, en 1308, à Philippe-le-Bel, la somme de 5,000 livres, somme considérable pour le temps, mais qu'il est difficile d'évaluer aujourd'hui, faute de doucuments de comparaison.

En 1319, Philippe-le-Long le donna à Jeanne de Bourgogne, sa femme, qui y résida, et, par son testament, en 1325, en ordonna la vente pour fonder le collége de Bourgogne.

Cette vente eut lieu, en 1330, au profit de Philippe de Valois, pour 10,000 livres, preuve que l'hôtel avait augmenté de valeur. — Le roi Jean, fils de Philippe, y séjourna plusieurs années; mais, pendant sa captivité en Angleterre, Charles, roi de Navarre, en obtint de lui la jouissance, à la condition de réunion à la couronne, à défaut de descendance masculine; il la perdit l'année suivante par suite de sa rébellion contre le dauphin. — Devenu roi, sous le nom de Charles V, il l'abandonna, peu de temps avant de mourir, au duc de Berry, son frère, en 1380, et son successeur, Charles VI, confirma ses dispositions. La même année, le nouveau propriétaire, trouvant les jardins trop petits, les augmenta, en 1385, de sept arpents de terre qui étaient hors des fossés de la ville; il fit construire un pont sur le fossé pour établir la communication.

Cette partie extérieure se nommait Petit-Séjour de Nesle; il était situé à l'extrémité de la rue Mazarine, du côté de la rivière. Après avoir passé dans bien des mains, cet hôtel fut enfin aliéné par Charles IX, en 1570.

On bâtit sur son terrain l'hôtel de Nevers, aujourd'hui hôtel Conti, et ce qui restait de ce vaste hôtel fut démoli pour faire place au collége des Quatre-Nations, nommé depuis Mazarin, aujourd'hui Institut, fondé en vertu du testament du cardinal Mazarin, en 1661, et bâti en 1662 et annees suivantes.

La porte et la tour de Nesle ne

faisaient point partie de l'hôtel qui leur avait donné son nom, à cause de sa proximité; elles l'avaient précédé, et faisaient partie de l'enceinte de Philippe-Auguste. La tour, de forme ronde et fort grosse, haute d'environ 120 pieds, avançait dans la Seine, sur une petite pointe de terre; elle était accouplée à une tour moins épaisse, mais plus élevée, et qui contenait l'escalier à vis; ses fondements sur pilotis étaient au-dessous du niveau de la Seine. Un pan de mur avec des créneaux se réunissait à la porte, espèce de battille, flanquée de deux tours rondal et garnie d'un pont-levis; un cousr espace de murs la séparait encore des bâtiments de l'hôtel. Lors de leur destruction, en 1661, sous le règne de Louis XIV, pour former le collége des Quatre-Nations, le lieu qu'occupait la porte forma le retour d'équerre actuel de la rue Mazarine, à son aboutissement à la rue de Seine, qui remplace le pont jeté alors sur le fossé de la ville, et conduisant sous la porte de Nesle.

ASPECT, SPLENDEUR

ET DÉCADENCE DE L'HÔTEL ET DE LA TOUR DE NESLE.

Comme nous l'avons dit, le roi Jean, fils de Philippe de Valois, propriétaire de l'hôtel de Nesle, fut fait prisonnier par les Anglais à la bataille de Poitiers. Pendant sa captivité, Charles, roi de Navarre, trouvant l'hôtel de Nesle propice à ses desseins ambitieux, y fixa sa résidence. Comme il importait au dauphin de s'assurer son amitié, il lui conféra la propriété de ce séjour, à charge seulement de réunion à sa couronne s'il venait à mourir sans enfants mâles; mais, peu de temps après, le dauphin, irrité des trames ourdies contre lui par Charles, lui reprit l'hôtel de Nesle, qu'il ne lui avait guère cédé que par calcul politique, et le donna au duc de Berri, son frère, en 1380.

Jean, duc de Berri, se plût à embellir sa nouvelle propriété, et l'agrandit tellement que nous devons consacrer des détails spéciaux à cette période qui fut celle de sa splendeur. — Jusqu'à cette époque l'hôtel présentait la forme d'un immense triangle dont le sommet regardait le midi, l'un des côtés était formé par l'enceinte de la ville, et l'autre par la ligne principale des bâtiments partant de la ligne du couvent des Grands-Augustins et allant atteindre la muraille presque perpendiculairement.

Des corps de logis irréguliers, isolés les uns des autres et parallèles à la Seine, furent transformés par le duc de Berri en chapelles et réunis ensemble par des constructions où se trouvaient de vastes salles et une bibliothèque.

Cette nouvelle ligne de bâtiments fut jointe à l'ancienne par un bouquet de tourelles à toits pointus, et dans les espaces intérieurs régnaient des jardins plantés d'arbres, comme dans les cloîtres. Une construction voisine de la Tour fut spécialement élevée pour un jeu de paume où l'on arrivait par les galeries de l'hôtel.

Outre ces améliorations importantes, le duc de Berri acheta une partie d'un collége et d'un jardin voisins, pour agrandir et orner les alentours de son hôtel.

Les embellissements intérieurs répondirent à la magnificence du dehors. Les chapelles furent ornées de vitraux peints aux couleurs diamantées, de boiseries aux sculptures représentant des scènes pieuses, d'autels couverts de dorures et de riches ornements, de magnifiques reliquaires aussi remarquables par le travail que par la matière; car le duc était grand amateur de pierres fines, de bijoux, et surtout de reliques de saints. Les appartements vastes et bien disposés étaient ornés de draperies et de vitraux peints qui ne laissaient pénétrer qu'une lumière douce et colorée. Les meubles étaient grands, riches, tous couverts de belles sculptures. Des lits assez vastes pour contenir douze personnes étaient tellement couverts de draperies et de bronzes d'or et d'argent, incrustés de pierres précieuses, qu'ils ressemblaient à des trônes; d'énormes dressoirs à quatre échelons, chargés de vaisselle émaillée d'or et d'argent et de pierres fines; des siéges à marche-pieds, plus ou moins élevés selon la qualité des personnes qui devaient les occuper; des salles pour toutes les destinations; dans celle des armes, les murs étaient couverts d'épées longues et à deux tranchants, de courts poignards à lames torses, appelés miséricordes, de masses et de haches d'armes, de lances, de flèches, d'arbalètes, casques, cuissards et autres pièces des armures du temps, la plupart couvertes d'or et d'argent et parfaitement damasquinées, et rapportées des champs de bataille.

L'opulent propriétaire, non moins grand que le roi son frère, prodiguait les dépenses pour traiter avec pompe les nombreux hôtes de sa demeure, où les jours et les nuits se succédaient dans les jeux, les festins et les fêtes. Une immense domesticité contribuait par le luxe de ses livrées à l'éclat des réjouissances. Les pauvres n'étaient pas oubliés dans ce séjour de grandeur, et le culte y était relevé par l'assistance d'une foule de chapelains, de confesseurs et d'aumôniers. La comptabilité était aux mains de trésoriers, de contrôleurs et d'employés divers.

Pour les nécessités de la vie et le confortable on avait réuni médecins, chirurgiens, écuyers, hérauts, huissiers, échansons, musiciens, maîtres d'hôtel, sommeliers, pages, varlets et une infinité d'autres serviteurs. Si l'on ajoute les archers, les hommes d'armes et les chevaliers qui formaient la garde de l'hôtel, on concevra son immense population, surtout aux jours solennels, et les excessives dépenses d'une maison ainsi montée.

La mort subite du comte d'Évreux au milieu d'un repas n'avait point interrompu les plaisirs journaliers du duc de Berri; il fallut les progrès de l'âge et les désordres de la guerre civile pour les restreindre. Les seigneurs, les bourgeois et les paysans luttaient entre eux, et le vieux duc ressentit le contre-coup de ces discordes, malgré ses efforts pour en préserver sa somptueuse existence. Sa délicieuse demeure ne sut pas même le protéger contre les corporations populaires, et c'est avec peine s'il put obtenir d'y finir ses jours, à l'âge de soixante-seize ans, le 15 juin 1416. — Néanmoins ses funérailles furent magnifiques comme sa vie l'avait été. La noblesse, la bourgeoisie, et le peuple s'y pressaient, mêlés à ses innombrables domestiques en grands habits de deuil, et à une masse de pauvres qui reçurent, d'après la volonté du défunt, une somme de 12,000 écus d'or. Une autre disposition du testament, qu'il avait fait huit jours avant sa mort, n'était pas moins honorable pour sa mémoire; elle portait ordre de restituer aux enfants de Jean de Montagu ses joyaux confisqués au profit du duc de Berri lors de son exécution, car alors les grands ne rougissaient pas de s'enrichir des dépouilles des condamnés, aux dépens de leurs héritiers légitimes.

Avec le duc de Berri finit la période florissante de l'hôtel de Nesle. La décadence suivit ces beaux jours jusqu'à ce qu'enfin la main des hommes abattît celui que les siècles n'avaient pu ébranler.

ÉVÉNEMENTS HISTORIQUES.

Le château de Nesle a été le sujet de bien des conjectures et le théâtre de bien des catastrophes mystérieuses et sanglantes. Dans l'impossibilité de les rappeler toutes, nous nous attacherons du moins à retracer les plus extraordinaires et les plus authentiques. Avec des événements aussi pittoresques et aussi dramatiques il y a de quoi écrire mieux qu'un roman, comme l'ont fait quelques-uns de nos devanciers. L'intérêt qui ressort de la réalité nous émeut autrement l'âme qu'une simple fiction dont on aperçoit sans cesse les efforts artistiques. Encore si, à la place d'un brillant mensonge, on n'avait à mettre qu'une plate réalité; mais ici il suffira de raconter fidèlement, pour intéresser la curiosité.

L'histoire accuse plusieurs reines de France de s'être livrées, au XIVe siècle, dans la tour de Nesle, aux crimes les plus atroces. La clameur populaire, d'accord avec les traditions du temps, a signalé Jeanne de Navarre, épouse de Philippe-le-Bel, Blanche, Jeanne et Marguerite de Bourgogne, enfin Isabeau de Bavière, comme coupables de ces monstrueux excès. Trois fils de Philippe-le-Bel étaient mariés : Louis, l'aîné, à Marguerite ; Philippe, le second, à Blanche ; Charles, le plus jeune, à Jeanne, princesses appartenant à diverses branches de la maison de Bourgogne. Ces trois princesses étaient belles, spirituelles, mais galantes jusquu'à la dissolution. La forme du vêtement qu'elles avaient introduit de leur temps était telle qu'elle trahissait tous leurs charmes, aissant à découvert le sein, la jambe et même le côté. Cette mode indécente ayant été blâmée par un poëte, Jean de Meung, surnommé *Clopinel* parce qu'il était boîteux, et qui osa donner, sur les habitudes des dames de la cour, certains détails peu propres à faire présumer qu'elles fussent chastes et réservées, les trois belles-sœurs le firent appeler, se munirent de verges et s'enfermèrent avec lui dans une chambre où elles le contraignirent à se déshabiller. Quand il fut dans un état de nudité complète, Marguerite donna l'ordre aux prudes de sa cour de le fustiger. Clopinel, dans cette occurence, eut recours à son esprit; il se mit à genoux, et supplia celle de ces dames qui se croyait la plus offensée par ses écrits de frapper la première. Pas une de ces beautés outragées ne voulut commencer, et le poëte en fut quitte pour la peur.

Les trois Bourguignones ne tardèrent pas à être accusées d'adultère, et deux d'entre elles furent convaincues de ce crime.

BLANCHE ET JEANNE.

MARGUERITE DE BOURGOGNE.

Marguerite de Bourgogne, fille de Robert II, duc de Bourgogne, était fort jeune lorsqu'elle épousa Louis, dit le Hutin, fils aîné de Philippe-le-Bel. Au sein d'une cour où la galanterie, qui s'y était introduite sous le règne de saint Louis, était poussée jusqu'à l'oubli de toute décence, jusqu'à la débauche, elle usa avec une liberté sans frein du privilége de son rang.

Parmi ses nombreux amants, Buridan, distingué par une démarche assurée, une belle figure, la force et la souplesse de ses membres, fit une vive impression sur l'esprit de cette sensuelle princesse. Elle avait dour habitude, de la tour de Nesle qu'elle habitait, de regarder passer et promener les étudiants qui venaient s'ébattre aux pieds de sa demeure, non éloignée du lieu appelé le Pré-aux-Clercs; et là, de sa fenêtre entr'ouverte, elle faisait le guet aux passants.

Jeune, beau, quelque peu avantageux, Buridan se livra sans défiance aux avances qui lui furent faites, et fut introduit dans ce sanctuaire, où l'existence avec tous ses charmes touchait de près à la mort avec toutes ses horreurs. Une nuit toute d'amour est chose laborieuse; et la nature, toute puissante qu'elle soit, a besoin de repos, Buridan, de la réalité était passé aux songes, quand il se sentit touché par des mains dont la rudesse et la brutalité devaient faire cesser tout prestige; il s'éveille, veut étendre les bras: impossible; il était captif dans un sac. Résolu de voir la fin de cette aventure, il garde le silence; il entend ouvrir une fenêtre; on vient prendre le sac où il était enfermé, on le lance ; il parcourt l'espace et tombe dans la rivière. Buridan, ne jugeant pas à propos d'en apprendre davantage, fit usage de toutes ses forces, et, plus grand que le sac, il fit partir la couture ou manquer le nœud ; bref il sortit de sa prison de toile et gagna le bord de la Seine, d'où, à la faveur de l'obscurité, il put regagner son gîte. Échappé du piége, il se retira à Vicence, où il fonda une université.

Voyons maintenant Marguerite entourée de ses belles-sœurs Blanche et Jeanne, qui rivalisaient avec elle d'impudicité. Une nuit, où ces trois Messalines s'étaient réunies dans le repaire de leurs débauches, les trois princes leurs époux, qui les avaient fait observer, pénétrèrent chez les princesses. Marguerite et Blanche furent surprises dans les bras des deux frères Philippe et Gaultier d'Aulnay ; Jeanne, plus prompte que ses deux belles-sœurs à sortir du flagrant délit, eut le temps de faire évader son amant, qui n'était autre qu'un simple huissier de sa chambre.

Les trois époux sévirent contre leurs femmes, qui furent incarcérées. Les frères d'Aulnay, ayant avoué qu'ils étaient les amants des deux autres princesses, furent traînés à la queue d'un cheval sur un pré récemment fauché, mutilés à la manière d'Abeilard et attachés à une potence. L'huissier, convaincu seulement d'avoir prêté les mains à cette intrigue, fut condamné au gibet.

Ces exécutions se firent à Pontoise. Exemple terrible, qu'il eût peut-être été plus sage de ne pas donner, mais qu'on crut nécessaire pour arrêter l'audace de quiconque serait capable de se porter à un pareil attentat contre l'honneur du souverain. — On fit des recherches exactes sur la conduite de tous ceux qui avaient été dans la familiarité de Marguerite, de Jeanne et de Blanche de Bourgogne ; plusieurs personnes furent arrêtées ou sur des preuves ou sur des soupçons, et condamnées à la torture. Entre autres, un moine de l'ordre des frères Prêcheurs, nommé par les historiens évêque de Saint-Georges, accusé de distribuer des remèdes qui, en détruisant les fruits malheureux de l'incontinence par un plus grand crime, invitent au désordre quiconque n'en redoute que les témoignages visibles, fut d'abord conduit à Avignon, où l'on informa contre lui, et ensuite condamné et exécuté.

Marguerite et Blanche furent conduites aux Andelys; de là on les transféra au Château-Gaillard (forteresse de Normandie), où, par ordre de Louis, Marguerite de Bourgogne, reine de France, fille de Robert II, duc de Bourgogne, et femme de Louis X, roi de France, ayant été convaincue du crime d'adultère, fut étranglée avec un drap de lin, en 1314.

Avant sa mort, elle avait cherché par une conduite exemplaire à expier ses crimes, et expira sans se plaindre, après avoir écrit, par l'intermédiaire de son confesseur, au roi une lettre dont le contenu ne fut pas publié. — Elle était âgée de vingt-six ans.

Louis X mourut une année après. Marguerite de Bourgogne, sa femme, dans les angoisses du supplice mystérieux qu'elle avait subi en prison, s'était écriée :

Louis, je t'ajourne a un an.

Blanche fut épargnée, mais elle resta prisonnière. Cependant Charles-le-Bel, voulant concilier l'intérêt de son honneur avec la compassion que lui inspirait une princesse séduite par sa jeunesse et les mauvais exemples, fit prononcer son divorce, et lui permit alors de prendre le voile à l'abbaye de Maubuisson, où pendant une année elle acheva d'expier par une austère pénitence ses fautes anciennes. Elle y mourut en 1326.

Quant à Jeanne, accusée d'adultère comme ses deux sœurs, peut-être aussi coupable, mais plus heureuse, trouvant dans son époux moins d'emportement et bien plus de modération, elle se justifia près de lui tant bien que mal. — Ce prince sérieux, sensé, appliqué à l'étude, et dont le goût pour l'étude et la poésie provençale, alors à la mode, adoucissait les mœurs, la relégua d'abord au château de Dourdan. Un an après il lui pardonna, soit qu'il ne la crût pas coupable, soit qu'il vît son honneur et l'intérêt de l'État liés à son innocence.

Après quelques formalités exigées par l'éclat qu'avait eu l'événement, il la rappela près de lui et ne fit paraître aucun souvenir du passé, ni dans son intérieur ni à la cour. Jeanne survécut au roi de sept à huit ans, et mourut en 1329, après avoir, à l'exemple de Jeanne de Navarre, femme de Philippe-le-Bel, fondé un collége à Paris.

TELLIER

CATASTROPHES

POLITIQUES

ET SÉDITIONS POPULAIRES.

En 1346, Edouard, roi d'Angleterre, ayant fait une descente en Normandie, se présenta devant la ville de Caen, dans laquelle les archers anglais, si redoutables par leur adresse à lancer des flèches, pénétrèrent, malgré la vigoureuse résistance des bourgeois qui furent contraints d'abandonner une partie de la ville. Le connétable, Raoul, comte d'Eu et de Guignes, qui s'était renfermé dans la citadelle, en sortit inopinément avec plusieurs grands seigneurs et se rendit aux Anglais. Grâces à l'énergie des bourgeois, les étrangers rebutés mirent le feu aux quartiers qu'ils occupaient, et se retirèrent ensuite sans avoir pu profiter de la trahison du connétable. Celui-ci s'étant rendu quatre ans après, à Paris, se présenta à la cour du roi Jean, dans l'hôtel de Nesle, pour lui présenter ses hommages et lui prêter le serment d'une fidélité si peu éprouvée. Mais il fut aussitôt, par l'ordre du roi, jeté dans les prisons de l'hôtel, et trois jours après décapité en présence des seigneurs de la cour de France, après avoir fait l'aveu de sa trahison et ainsi légalisé ce que le jugement pouvait présenter de contraire aux formes régulières de la justice.

Ce fut encore à l'hôtel de Nesle qu'eut lieu, en 1407, le repas en l'honneur de la réconciliation des ducs de Bourgogne et d'Orléans, après qu'ils eurent communié ensemble dans l'église des Grands-Augustins, et partagé la même hostie. Ce qui n'empêcha pas que, quelques jours après, l'un fut assassiné par l'autre.

En 1407, le duc de Berri, de retour d'une expédition contre le parti des Orléanais, trouva aux portes de Paris les bouchers maîtres de la ville et de la personne du roi.

Il leur fit demander la permission de rentrer dans son hôtel de Nesle; mais ces furieux la lui refusèrent insolemment, sous prétexte qu'il favorisait le parti des Armagnacs, oppresseurs et ennemis du peuple. « Va dire à ton maître, répondirent-ils à l'envoyé du duc, que les bouchers de Paris ne le veulent point pour leur bourreau, et que si jamais il tombe entre leurs mains, ils le coudront dans un sac et le jetteront dans la Seine du haut de la tour de Nesle; » et l'un des séditieux, s'adressant à la foule : « Nobles bouchers de Paris, il serait indigne que Jehan de Berri bravât notre défense. Il pourrait rentrer dans son hôtel par le pont levis jeté sur les fossés de la ville; nous devons l'en empêcher. » Ce discours produisit une explosion subite et violente des cris de fureur, de mouvements fanatiques; « Allons, courons à l'hôtel! » s'écria la foule; et, s'ébranlant aussitôt, elle fut poussée par une même commotion vers l'hôtel de Nesle. Aussitôt des coups de hache et de marteau se suivirent avec rapidité en tombant sur les portes solides, et les firent promptement voler en éclats.

Les bouchers se répandirent dans ces appartements magnifiques en brisant partout les portes, les fenêtres, les vastes meubles, les objets d'arts et de luxe ; les vitraux peints tombaient en pièces, épars çà et là; les sculptures, les statuts étaient brisées et renversées ; les armoiries de pierre détachées des murs ; les coffres couverts de cuir doré, ornés de magnifiques arabesques, étaient détruits ou enlevés. Tout disparut sous les mains dévastatrices de la vengeance; et quand l'œuvre de destruction fut complète, les bouchers s'en retournèrent, chargés des objets précieux que le duc avait laissés dans son hôtel, heureux d'avoir au moins emporté avec lui ses meubles les plus riches, sa vaisselle d'or et d'argent, les manuscrits de sa bibliothèque.

Tous les appartements furent dévastés, à l'exception de la chapelle; la sainteté du lieu préserva les chappiers, crédences, dais sculptés en pierre et recouverts d'or basané dans l'intérieur, et l'autel où de beaux anges d'or tenaient des cierges d'argent aux deux côtés, et un beau crucifix, fait d'ivoire et d'or, enrichi de rubis et de saphirs.

Dans la suite le duc tira vengeance de ces affronts, fit restaurer l'hôtel et y fixa de nouveau sa résidence, comme on l'a vu dans le chapitre précédent.

En 1314, le chevalier Gaultier d'Aunoy, l'un des plus braves chevaliers de la cour de Philippe-le-Bel, se promenait, à pas tantôt lents, tantôt pressés, sous les murs de l'hôtel de Nesle; de temps à autre ses regards se dirigeaient vers les fenêtres de cet hôtel, et particulièrement sur celles de la grosse tour, dont les flots de la Seine baignaient le pied. Parfois, quittant le quai construit par l'ordre du roi quelques années auparavant, il descendait sur la berge et s'efforçait de découvrir si quelque barque n'était pas en mouvement sur ce point. Mais partout régnait le plus drofond silence.

« Par Saint-Denis, se disait-il en portant instinctivement la main sur la garde de son épée, ce nécromancien du diable m'aurait-il dit vrais et mon frère Philippe courrait-il chance de mort dans les bras de sa mie, la reine Marguerite de Navarre !

Depuis quelque temps, il se répand d'étranges bruits sur le compte de cette princesse, et aussi sur celui de Jeanne de Bourgogne, femme du comte de Poitiers et bru du roi notre sire! Cela m'avait d'abord paru de sottes gens, ne méritant nulle créance; mais ce vieux damné de Grafenoy est parvenu à me donner hier quelque inquiétude à ce sujet; je me rappelle parfaitement toutes ses paroles: « Trois furies d'enfer, dit-il, sont pour l eure en l'hôtel de Nesle, lesquelles concertent moult mauvais desseins d'où mal peut advenir pour messire et aussi pour vos proches. » De qui donc pouvait-il parler, si ce n'est de la reine de Navarre, de Jeanne de Bourgogne, et aussi de ma gente et bien aimée Blanche, que le duc de Bourgogne, son père, a si fatalement mariée au comte de la Marche?... Par madame la Vierge! ce serviteur du démon en a menti en ce qui concerne Blanche; sûrement il n'a pas dit plus vrai touchant les deux autres, et sa pronostication n'aura servi qu'à me faire perdre l'une des plus douces nuits que le Dieu d'amour m'eût destinée. »

En faisant ces réflexions pour la dixième fois, le chevalier d'Aunoy s'était arrêté à très peu de distance de la tour, sur un tertre, à deux ou trois pas de l'eau. Déjà les étoiles pâlissaient, le jour ne pouvait tarder à paraître. Tout-à-coup l'une des fenêtres de la tour s'ouvrit, et un objet volumineux et pesant fut lancé de cette fenêtre dans le fleuve, dont les eaux s'entrouvrirent en bouillonnant et recouvrirent ensuite l'objet qu'on avait voulu ensevelir dans leur sein. Le chevalier, tout brave qu'il était, fut saisi de terreur; les prédictions du nécromancien lui revinrent puissantes et terribles; il pensa que son frère, qu'il attendait inuti lement depuis plusieurs heures, avait peut-être été victime d'un lâche guet-apens, et quittant brusquement ses principaux vêtements, il se jeta dans le fleuve afin d'en tirer le fardeau dont la chute l'avait tant effrayé, et qui venait de reparaître à la surface de l'eau ; il reconnut bientôt que c'était un sac fortement serré avec une corde enroulée du sommet à la base, et, l'ayant saisi d'une main, il parvint, en nageant de l'autre, à l'amener sur la berge où, à peine arrivé, il saisit sa dague et coupe les cordes du sac. Au même instant, un sourd gémissement se fait entendre ; Gaultier frissonne, ses cheveux se dressent ; d'un dernier coup de sa dague il ouvre le sac dans toute sa longueur, et un jeune homme à demi-vêtu et privé de sentiment s'offre à ses regards.

« Loué soit notre Seigneur Dieu ! s'écrie le chevalier, ce n'est pas mon frère ! mais le nécromancien m'a dit vrai ; son art diabolique ne m'a pas trompé, et je vois bien maintenant quels dangers nous menacent !

Ce disant, il s'empressait de dégager le malheureux inconnu du cercueil de toile où il avait été enfermé vivant. C'est un jeune homme, dont la lèvre supérieure est à peine ombragée d'une légère moustache. Gaultier s'efforçait de le rappeler tout-à-fait à la vie, lorsqu'un bruit de pas vient frapper son oreille.

« C'est peut-être le guet-levé, se dit-il ; ces gens pourront m'aider à transporter cet infortuné dans quelque hôtellerie. »

Et il s'avança vers le quai d'où le bruit venait ; mais à peine eut-il fait quelques pas, qu'il aperçut son frère Philippe qui sortait de l'hôtel de Nesle : il le joignit promptement.

« Dieu nous garde ! frère, lui dit-il et béni soit-il de t'avoir fait sortir, sain et sauf de ce lieu de meurtre et de trahison.

— Que veux-tu dire, Gaultier? je sors à l'instant des bras de ma douce Marguerite, et jamais de ma vie ne me suis senti plus de joie au cœur.

— Et cependant, frère, je veillais, fort inquiet à cause des bruits sinistres répandus sur certains mystères dont l'hôtel de Nesle serait le théâtre. Comme toi, j'avais d'abord méprisé ces clameurs, mais hier soir le nécromancien Grafefoy était parvenu à m'y faire croire en partie.

— Au diable soit ce faiseur de dupes!

— Ne parle pas ainsi, Philippe, suis-moi, et je vais te prouver que Grafenoy m'a dit vrai. Aussi bien ai-je besoin de ton aide pour achever une bonne œuvre. »

hilippe suivit son frère qui le

conduisit près du jeune homme évanoui, et, tout en podiguant des secours à ce dernier, Gautier raconta ce qui lui était arrivé depuis l'aube du jour.

Cependant le jeune homme avait ouvert les yeux ; peu à peu la connaissance lui revint ; il put se lever et examiner ses sauveurs.

« Hâtons-nous, dit Philippe, de le conduire à l'hôtellerie de la Mule Noire ; d'après tout ce que je viens d'entendre et de voir, il est facile de juger que nous ne sommes pas en sûreté ici.

— Vrai Dieu ! nous sommes armés, et il fait jour....

— Et ce n'est pas à dire pour cela que le moment sera bien choisi pour jouer de la dague. us, aide-moi et partons. »

Tous trois se dirigèrent vers l'hôtellerie indiquée où, étant arrivés, Caultier jeta deux angelots vers l'hôtelier en lui demandant un gîte pour le jouvenceau qu'ils accompagnaient, et qu'ils pressèrent de questions dès qu'il put parler sans danger.

« Messires, dit le jeune homme, j'ai nom Paul Olivier ; né sous le beau ciel de la Touraine, étudiant en la Sorbonne et université de Paris ; hier soir, je me promenais au Pré-aux-Clercs, attendant la venue d'un mien ami qui devait venir m'y trouver, lorsque je fus accosté par deux hommes de haute taille, qui, sans proférer un mot, se jetèrent sur moi, me mirent un bâillon, un voile sur les yeux, et m'emportèrent pieds et poings liés. Je n'avais pas eu le temps de me mettre en défense ; ma dague m'avait été enlevée, il fallut bien me résigner. Je ne sais où l'on m'emporta ; mais le trajet ne fut pas long ; je m'aperçus bientôt que mes ravisseurs montaient un escalier, puis ils m'emportèrent à travers de longs corridors sous les voûtes desquels retentissait le bruit de leurs pas. Arrivés dans une vaste salle, on me rendit l'usage de mes pieds et de mes mains; le bâillon et le voile me furent ôtés, et je fus tout ébloui de la magnificence et de la richesse des objets qui m'entouraient : ce n'étaient que riches tentures à franges d'or et de soie, meubles en ébène incrusté d'ivoire, candelabres d'argent massif, escabeaux de velours; d'enivrants parfums brûlaient sur un trépied d'or : jamais je n'avais rien rêvé d'aussi magnifique.

« Les deux hommes disparurent sans répondre aux questions que je leur adressais; mais je ne demeurai pas longtemps seul : une merveille plus admirable que tous les objets dont j'étais environné apparut à mes yeux éblouis : c'était une femme, ou plutôt un ange, aux grands yeux noirs et veloutés qui jetaient des flammes ; un sourire, qui ent'rouvrait ses lèvres vermeilles, laissait voir deux rangées de perles ; son sein d'albâtre était emprisonné sous les lacs de soie qui en laissaient voir toute la perfection.

« Gentil écolier, me dit-elle, vous plait-il de passer ici quelques heures? Si la chose vous aggrée, je m'efforcerai de vous rendre ce séjour agréable, et de vous faire oublier la manière dont vous y avez été conduit.

« Je répondis que je n'avais que des actions de grâces à rendre aux gens qui m'avaient fait trouver si bon gîte et si gente hôtesse. Alors la dame s'approcha de moi, me tendit sa douce et jolie main et appuya son visage sur mon épaule. De ce moment, il me sembla que je changeais de nature : j'avais le visage en feu, mon cœur battait de manière à me briser la poitrine. Cependant les lèvres de la dame semblaient chercher les miennes; elles se rencontrèrent bientôt : de ce moment je devins fou, j'eus le transport au cerveau; mille sensations délicieuses et inconnues m'avaient fait perdre la raison : je passai la nuit entière au sein de ces délices. Un peu avant que le jour parût, j'étais encore dans les bras de cette femme divine; elle s'éveilla après un court et léger sommeil; nous échangeâmes de nouveaux baisers, puis elle se retira en m'ordonnant de rester. J'attendais le retour de cette femme divine; elle ne vint pas; mais bientôt parurent les deux hommes qui s'étaient emparés de ma personne.

« Messire écolier; me dit l'un d'eux en accompagnant ces paroles d'un sourire satanique, pas n'est bo soin, je pense, de nous enquérir si vous êtes en état de grâce?

« — Ceci, messire, répondis-je, est affaire entre Dieu et moi; je n'a pas à répondre aux hommes de l'état de ma conscience, sinon à mon révéré confesseur.

« — Enfant, qui te dit que tu ne vas pas tout à l'heure avoir à en répondre devant monsieur le diable ?

« Ce disant il tira de dessous une tapisserie un long sac de grosse toile et une corde de chanvre neuf. Une crainte vague s'empara de moi : ces deux hommes etaient hideux, et me faisaient horreur : mais bientôt je ne pus les apercevoir qu'à travers un nuage qui s'étendait sur mes yeux ; un sommeil invincible s'emparait peu à peu de mes sens. Je me rappelai alors que ma belle compagne, un peu avant de me quitter, m'avait présenté une coupe remplie de vin d'Espagne sur les bords de laquelle s'étaient posées ses lèvres vermeilles, et que j'avais vidée d'un trait, et j'attribuai à l'ivresse l'état où je me trouvais. Ce sont là mes dernières perceptions ;

depuis ce moment jusqu'à celui où, en rouvrant les yeux, je vous ai vus près de moi, messires, je ne sais combien de temps s'est écoulé, non plus que ce qui m'est arrivé ; mais il faut que j'aie été horriblement maltraité, car je me sens bien faible et je souffre horriblement.

— Horreur! s'écria le comte Philippe d'Aunoy.... Que le feu d'enfer punisse la ribaude!

— Par les plaies de monseigneur le Christ! madame Jeanne, dit à son tour Gaultier, vos crimes ne demeureront pas plus longtemps impunis.

— Quoi! messires, s'écria l'écolier, cette femme serait madame Jeanne de Bourgogne, la brû de notre sire le roi?

— Silence, enfant! les murs des hôtelleries ont des oreilles. Donc ne parlez pas de cela, et demeurez ici jusqu'à ce que vous soyez entièrement guéri : nous allons, en sortant, dire un mot à l'hôtellier qui aura grand soin de vous, sans s'inquiéter du nombre d'angelots qui peuvent être en votre bourse.

— Messeigneurs, je n'ai d'autre moyen pour me montrer reconnaissant qne de vous obéir, et je vous doune ma foi que je ne dirai et ferai que ce que vous avez permis. »

Les frères d'Aunoy laissèrent l'écolier, et se retirèrent afin d'aviser à ce qu'ils devaient faire ; car maintenant ils savaient que leur vie n'était pas en sûreté, non qu'ils pussent croire leurs douces maîtresses, Blanche et Marguerite, capables de crimes aussi horribles ; mais ils étaient persuadés que Jeanne n'hésiterait pas à les sacrifier comme elle faisait à ses amants, si cela lui paraissait nécessaire à sa sécurité, et les circonstances étaient assez graves pour qu'ils prissent une prompte résolution.

« Frère, disait Gaultier, grave est

la ihose, et nous courons grands riques. Si le roi est instruit de ce qui se passe, la conduite de la reine de Navarre et des princesses séra examinée, et, en cas de découvertes complète, le mieux qui pourrait nous arriver serait quelque bons coup de dague qui nous épargnerait le gibet.

— Vrai Dieu! monsieur, mon frère, ne me devez-vous pas conseil à cause de votre aînesse? faites donc votre office, je vous écoute.

— Sur mon âme, Philippe, point ne suis propre à inventer longue intrigue, et m'est avis qu'en ce cas comme en tout autre la plus courte voie est la meilleure. Ne vaut-il pas mieux d'ailleurs que le roi notre sire apprenne la chose par nous que par d'autres?

— Par les vertus de madame la Vierge! vous avez raisou; il ne faut pas que nos gentes dames puissent passer pour les complices de madame

Jeanne ; ne voilà-t-il pas un mois et plus que nous passons clandestinement la nuit à l'hôtel de Nesle ? C'est aussi depuis ce temps qu'il court des bruits fâcheux touchant certain passe-temps de la bru du roi. Donc il faut parler.

— Qu'ainsi soit fait, et hâtons-nous, afin de nous trouver sur le passage du roi à son retour de la sainte messe. »

Ce disant, les chevaliers doublèrent le pas, et moins d'une heure après, Philippe-le-Bel, qui sortait de la Sainte-Chapelle, aperçut les deux frères dont la physionomie semblait annoncer une tristesse profonde ; chose d'autant plus remarquable, que ces gentilshommes s'étaient fait à la cour une réputation de joyeuse humeur à laquelle ils devaient une bonne part de leur succès auprès des dames.

» Vertu-Dieu ! dit le monarque en

s'arrêtant, quel est le magicien félon qui par maléfice a donné si piteuses mines à nos amés et féaux messires d'Aunoy?... Or ça, chevaliers, ne voulez-vous ce jourd'hui nous montrer gai visage?

— Sire, répondit Gaultier, ce n'est l'heure pour de loyaux chevaliers de se montrer joyeux alors qu'ils savent en danger l'honneur de votre royale maison...

— Holà! messire Gaultier, fit le roi en fronçant le sourcil, il faut que la chose soit bien grave et patente pour qu'un si prud'homme que vous l'êtes parle de la sorte; nous allons s'il vous plaît, en conférer sur l'heure : suivez-nous dans notre oratoire. »

Les deux gentilshommes obéirent, et, dès que le roi fut seul avec eux, il ordonna à Gaultier de s'expliquer nettement. Celui-ci raconta alors comment, se trouvant de grand matin sur les bords de la Seine, il avait sauvé, en se jetant à la nage, un homme enfermé dans un sac et jeté dans le fleuve par l'une des fenêtres de l'appartement de la comtesse de Poitiers.

« A tous autres, fit le roi, dont le visage s'était assombri, je dirais que ce sont là propos des gueux, vilains et malcontents; à vous, chevaliers, je demanderai de faire le serment que tout ce que vous venez de dire est vrai.

— Sire, nous sommes prêts, mon frère Philippe et moi, à jurer sur les saints évangiles. »

Le serment fut prêté.

« Et maintenant, s'écria le roi, malheur aux coupables et aux parjures, car je prétends faire bonne et prompte justice... Holà! un page... Que l'on fasse savoir à madame Jeanne, notre bru bien-aimée, que nous la mandons ici sur l'heure. »

Les chevaliers demandèrent alors

la permission de se retirer; mais Philippe-le-Bel leur ordonna de rester. Au bout de quelques minutes, la comtesse de Poitiers parut.

« Madame notre bru, lui dit le roi, vous nous tenez de trop près pour que l'honneur de notre règne vous soit chose étrangère; veuillez donc nous donner votre avis sur le châtiment à infliger à un membre de notre royale famille qui se serait rendu coupable d'adultère et de meurtre?

Un léger nuage passa sur le beau visage de Jeanne; mais elle se remit promptement et répondit sans hésiter :

« Je tiens pour impossible, sire, qu'il puisse se trouver de tels coupables parmi les nobles gens de votre maison, et vous prie de ne vouloir nous faire délibérer sur des chimères..... Bien plutôt faudrait-il songer à punir les traîtres et calomniateurs qui, par punition du ciel, nous sont envoyés à cette cour de France. »

En prononçant ces dernières paroles, la comtesse jeta un coup d'œil menaçant et terrible sur les chevaliers. Gaultier d'Aunoy sentit le sang bouillonner dans ses veines ; il leva fièrement la tête, porta la main à la garde de son épée, et s'écria :

« Puisque ainsi l'a voulu le roi, notre sire, je dis et maintiens que ce jourd'hui, avant l'aube, un homme a été jeté en la rivière de Seine par les fenêtres de la tour de Nesle où se trouvent les appartements de madame Jeanne...; et déclare traître et félon quiconque voudra soutenir le contraire, lequel en aura menti par la gorge !... Or sus, madame, avec l'agrément de notre sire le roi, nommez vos tenants, et que Dieu nous soit en aide! »

Un frémissement de rage agita les

lèvres de la comtesse de Poitiers, qui néanmoins s'efforça de paraître toujours aussi calme, et elle dit avec dignité :

« La fille du duc de Bourgogne et la bru du roi de France ne se commet point avec des varlets. Souffrez donc, sire, que je me retire, et veuillez faire mander au prévôt de l'hôtel s'il n'aurait point fait bonne et prompte justice de quelque larron trouvé chez moi.

— Ce n'est point d'un larron qu'il s'agit, répliqua Gaultier ; mais bien d'un gentil écolier ayant nom Paul Olivier, lequel, si le roi l'ordonne, viendra céans narrer l'aventure. »

La comtesse se retira sans ajouter un mot ; le roi commençait à croire que les chevaliers avaient voulu le tromper.

« Nous entendrons cet écolier, dit-il avec colère..... et malheur à qui nous aura voulu tromper. Demain, après la sainte Messe, nous mettrons a fin cette affaire..... Allez, messire d'Aunoy, et que Dieu vous garde ! »

Ces paroles menaçantes n'effrayèrent pas les chevaliers, forts qu'ils étaient de la preuve vivante qu'ils pouvaient produire ; il leur semblait impossible que les suites de cette affaire pussent leur devenir funestes.

« Il faudra bien, disait Gaultier, que le roi se rende à l'évidence, et nous aurons rendu un véritable et bien grand service à monseigneur le comte de Poitiers, en lui fournissant les moyens de répudier cette femme adultère, pour en choisir une autre digne de lui. »

Les chevaliers auraient dû se rendre la justice de reconnaître que leurs maitresses Marguerite de Navarre et Blanche de Bourgogne n'étaient pas des épouses plus chastes que Jeanne; mais le cœur de l'homme est ainsi fait : l'objet aimé n'a jamais tort.

NOUVELLES TRAMES CRIMINELLES DE JEANNE DE BOURGOGNE.

Les chevaliers d'Aunoy passèrent le reste de la journée à l'hôtellerie de la Mule-Noire où ils s'étaient rendus en sortant du palais, afin de se concerter avec l'écolier, lequel était encore bien faible, et paraissait néanmoins peu disposé à accuser publiquement la femme qui l'avait voué à la mort, et lui avait fait endurer de si cruelles tortures.

« Ah! messeigneurs, disait-il, elle est si belle!..... Seigneur Dieu! je donnerais ma part de paradis pour une seconde nuit, dût le réveil être aussi pénible que la première fois... Non, je ne puis croire qu'il y ait un cœur de tigre sous ce beau sein.....

— Alors, mon jeune docteur, dit Gaultier, vous tenez pour bonne et charitable l'action de vous avoir jeté à la rivière comme un chien lépreux?

—Mais, qui prouve que ma si gentille amie soit coupable de ce méfait? N'est-ce point quelque jaloux qui aura tenté de me mettre à mort traîtreusement? Par les saints anges du ciel, je ne puis croire que, de cette bouche rosée, qui rend si douce haleine, soit sorti si abominable commandement.

— Sur ce pied, mon jouvenceau,

je ne voudrais pas répondre de vous odur vingt-quatre heures; tenez-vous donc en état de grâce; sur ma foi, ce sera chose prudente, et de sage prévision.

— Vous croyez donc, messeigneurs!...

Je crois fermement, reprit Gaultier, que madame Jeanne serait fort raise de pouvoir me faire donne quelque bonne estocade en récompense du service que je vous ai rendu, et qu'il est par trop certain qu'à la manière dont vous envisagez les choses, vous n'éviterez pas la male mort dont je vous ai sauvé une première fois.

— Par mon bienheureux patron et apôtre, qu'il soit donc fait comme vous le désirez, messeigneurs, menez-moi chez le roi, et je dirai vrai.

— Vertu du Christ! nous pourrons donc confondre cette associée de monsieur le diable! A demain donc, messire écolier, et, par saint Michel ne vous montrez d'ici là ; aussi bien vous aurez besoin de repos ; car la journée pourra être rude. »

Les deux frères se retirèrent la joie au cœur, et, la nuit étant venue, ils se dirigèrent vers l'hôtel de Nesle, impatients qu'ils étaient de faire part à leurs maîtresses de ce qui se passait, afin qu'elles se tinssent en garde contre les embûches qui pourraient leur être tendues.

De son côté, Jeanne de Bourgogne n'avait pas perdu un instant pour conjurer le danger qui la menaçait ; après s'être longuement concertée avec ses affidés, il avait été arrêté entre eux que rien ne serait épargné pour retrouver l'écolier qui avait si miraculeusement échappé à la mort.

« Manque-t-il d'hommes en France, disait cette nouvelle Messaline, qui donneraient volontiers leur vie pour l'amour de moi ? Et n'est-ce pas grand honneur, pour un misérable écolier, que je songe encore à lui?... Voici de l'or, maître Jérôme; ne perdez pas un instant : il faut que cet enfant soit en votre pouvoir avant la fin du jour, et qu'il disparaisse pour toujours; faites en sorte auss que les chevaliers d'Aunoy soient surveillés de manière à ce que vous puissiez, heure par heure, me rendre compte de leurs moindres actions. Par Notre-Dame, nous aurons raison de ces félons! »

Jérôme était l'âme damnée de la princesse; c'était un vieux routier qui, après avoir vécu de pillage pendant vingt ans, était parvenu à échapper au gibet en se réfugiant dans les gardes du duc de Bourgogne, où il trouvait plusieurs de ses anciens compagnons. Jeanne s'était attachée ce scélérat qui s'était promptement habitué à exécuter ses ordres, quels qu'ils fussent, et il s'était même, à cet effet, entouré de quelques anciens bandits capables, comme lui, de tout faire pour de l'argent. Il prit la bourse que lui jeta Jeanne, et sur-le-champ il se mit en campagne; mais, quelles que fussent son adresse et son activité, le soir vint sans qu'il fût parvenu à découvrir la retraite de l'écolier qui, docile aux conseils des chevaliers, n'était pas sorti de la chambre qu'il occupait à l'hôtellerie de la Mule-Noire. Il faisait déjà nuit lorsqu'il vint rendre compte à Jeanne du peu de succès de ses démarches.

« Il faut que cet enfant, dit-il, ait fait avec Satan quelque pacte pour devenir invisible; mais, par les sandales du Saint-Père, je lui conseille de se bien tenir. En attendant nous avons des nouvelles des chevaliers d'Aunoy; tous deux se sont fait accompagner par leurs varlets jusqu'à la grande cour de l'hôtel de Nesle;

puis, les varlets ont été renvoyés, et nous avons su d'eux qu'ils ont ordre de ne point revenir ce jourd'hui audit hôtel. De plus, nous savons que présentement chacun des deux frères est près de sa mie, madame la reine de Navarre et madame Blanche de Bourgogne ayant fait savoir à leurs femmes, depuis tantôt deux heures, qu'elles passeraient le reste du jour dans leur oratoire, et aussi une partie de la nuit, en vue de célébrer dignement demain la sainte fête de la Pentecôte... Or, les oiseaux sont à cette heure dans le trébuchet, et n'en sortiront qu'à notre volonté, grâce aux angelots qu'avons distribués avec largesse aux gens faisant garde.

— Et vous êtes sûr de ces gens?

— Sûr comme de l'enfer, si d'aventure votre fidèle Jérôme mourait sans confession ; et vraime[illegible]e les ai payés assez cher...... Pa[illegible]s sept plaies d'Egypte ! jamais c[illegible]ciences de serviteurs n'ont coûté si grosses sommes ; car tout l'or que vous aviez gracieusement baillé ce jourd'hui y e passé.

— Vrai Dieu ! en voici d'autre, et aprés cestui n'en aurons disette..... Holà ! un page ; qu'on m'aille querir le capitaine des gardes, messire de Harbois... Quant à vous, Jérôme, allez et faites bon guet au dehors.... Encore un peu de temps et nous aurons partie gagnée. »

Jérôme et le page partirent en même temps, et le capitaine des gardes ne se fit pas longtemps attendre; car l'ordre de Jeanne de Bourgogne était une loi à laquelle le plus fier se hâtait d'obéir, et ce, pour plus d'une raison. D'abord, la puissance du duc de Bourgogne, son père, était au moins égale à celle du roi de France ; en outre, elle était la bru de ce dernier, déjà vieux et il était de notoriété publique que le comte de Poitiers, son mari et l'héritier présomptif de la couronne, n'avait depuis longtemps d'autre volonté que celle de sa femme. Jeanne était donc toute puissante, et, à moins d'un miracle, les frères d'Annoy ne pouvaient être sauvés.

E. Bréby

AUDACIEUSE DISSIMULATION DE JEANNE DE BOURGOGNE.

Il s'en fallait d'une heure encore que la cloche du couvre-feu se fît entendre, lorsque Jeanne de Bourgogne se présenta chez le roi, insistant pour que le monarque la reçût sur-le-champ, Philippe-le-Bel, visiblement contrarié par cette visite, n'osa pourtant s'y soustraire ; car quelques heures avaient suffi pour lui faire perdre une grande partie de cette fermeté qu'il avait montrée en présence des frères d'Aunoy.

« Sire, dit-elle avec cette dignité qui lui semblait être si naturelle, je ne viens pas me défendre ; c'est un soin que ne doit pas prendre la femme du fils d'un roi de France ; mais je viens accuser et confondre mes calomniateurs. C'est toutefois chose assez mal plaisantes dont je me dispenserais s'il n'y allait, sire, de l'honneur de votre royale famille.

— Parlez, donc, madame notre bru ; nous voulons justice pour tous, et nous serons aises de reconnaître que vos accusateurs ont menti.

— C'est ce dont le roi sera convaincu tout-à-l'heure, s'il lui plait de faire pénétrer par force dans l'appartement de notre sœur Blanche de Bourgogne, et de notre cousine Marguerite de Navarre. Avec la première est enfermé Gaultier d'Aunoy, e chez la seconde se trouve Philippe d'Aunoy..... Ce commerce criminel date de longtemps déjà, et les coupables savaient que leur crime m'était connu ; de là est venue l'audace et outre-cuidance qui les a poussés à venir m'accuser près de vous. Peut-être avaient-ils gagné, à prix d'argent, des témoins sur lesquels ils comptaient pour consommer ma perte ; mais leur espoir sera déçu, car vous ordonnerez sûrement, sire, qu'il soit fait à chacun selon ses œuvres.

— Vous l'avez dit, madame ma bru ; nous ferons ici comme toujours, bonne et prompte justice, et malheur aux adultères ! »

Une heure s'était à peine écoulée depuis cet entretien que déjà l'hôtel de Nesle était investi par plus de mille archers, et que deux des grands officiers de la couronne se présentaient chez la reine de Navarre et chez la princesse Blanche.

« Trahison ! s'écria Gaultier, qui avait été réveillé près de sa maîtresse par le bruit des armes et les coups répétés que l'on frappait aux portes. Nous sommes trahis, madame ; mais sur mon âme, les traîtres trouveront ici à qui parler ! »

Et, sans prendre le temps de se vêtir, il sauta sur son épée et la mit hors du fourreau ; mais en ce moment la porte céda sous les efforts des assiégeants qui, à plusieurs reprises, avaient sommé Blanche, au nom du roi, de leur livrer passage. La jeune princesse, dans les convulsions du désespoir, se tordait les bras et meurtrissait son beau visage ; Gaultier, qui s'était placé près d'elle, s'avança l'épée haute vers les premiers qui pénétrèrent dans la chambre ; mais il fut à la fois assailli par vingt archers qui, malgré la défense qu'il opposa, parvinrent promptement à le désarmer. En même temps deux officiers s'empressaient de secourir la princesse qui s'était évanouie.

La même chose se passait chez la reine de Navarre, et le flagrant délit fut en même temps constaté des deux côtés.

Le roi apprit bientôt le résultat de cette expédition, et ce fut alors qu'il laissa éclater toute son indignation et donna un libre cours à sa colère; il ordonna que les frères d'Aunoy fussent gardés dans un cachot, les fers aux pieds et aux mains, comme les plus vils criminels, en attendant que la justice eût prononcé sur leur sort; et il voulut que la reine de Navarre et Blanche de Bourgogne fussent immédiatement conduites au Château-Gaillard, en Normandie, et enfermées dans cette forteresse pour y passer le reste de leur vie.

Jeanne triomphait; pourtant il s'en fallait qu'elle fût sans inquiétude: elle craignait à chaque instant que Paul Olivier n'apparût comme un spectre sortant du tombeau pour la confondre, et elle prodiguait l'or et les promesses à Jérôme et à ses complices pour qu'ils parvinssent à découvrir la retraite de l'écolier; mais ce dernier, fidèle à la promesse qu'il avait faite à ses sauveurs, était demeuré cloîtré à l'hôtellerie de la

Mule-Noire. Trois jours s'écoulèrent sans qu'il sortît de sa chambre; jamais patience d'écolier n'avait été mise à si rude épreuve.

« Qu'est-il donc advenu à ces braves chevaliers? se demandait-il; cette longue absence est de méchant augure; car ces braves seigneurs ne sont pas gens à manquer de parole, et ils m'avaient promis de revenir avant que vingt-quatre heures fussent écoulées; or, voici trois fois ce temps qu'ils sont partis et depuis n'en ai plus ouï parler... Par Aristote! il paraît aussi que cette longue absence de mes protecteurs fait mauvaise empreinte sur l'hôte de céans; car l'heure de la dînée est passée, et personne n'est venu s'informer des besoins de mon estomac... J'avise que peut-être il serait sage de retourner au milieu de mes amis de la rue du Feure et de leur raconter la malaventure qui m'a fait passer du lit d'une princesse au fond de la rivière.... Par ma bonne dague, les écoles n'ont pas coutume de prendre souci du nombre et de la puissance de leurs adversaires quand il s'agit de faire rendre justice à quelqu'un de leur compagnie.»

Ainsi raisonnait Olivier, et cependant il était encore indécis, lorsque l'hôte de la Mule-Noire se rendit près de lui?

« Messire, lui dit-il n'attendez-vous point que messeigneurs d'Aunoy vous viennent voir.

— Oui, vraiment, et j'attendrais plus patiemment, maître Hobin, entre une tranche de porc salé et quelque broc de vin d'Argenteuil.

— Sur ce pied, mon jeune sire, vous pourriez demeurer longtemps à table sans dire grâce, car les chevaliers seraient fort en peine de venir vous déranger.

— Vertu-Dieu! qu'est-il donc arrivé?

— Eh! eh! qui le sait? la vérité vient si mal aisément jusqu'à nous, pauvres bourgeois! Pourtant on raconte des choses terribles touchant les deux chevaliers qui, au dire des mieux informés, courraient risque de ne sortir de la prison où ils sont, sous bonne garde, que pour êre mis à mort par la main du bourreau.

—Sainte-Vierge! que dites-vous là?

— J'ajouterai, reprit l'hôte, que ces bruits s'accordent parfaitement avec la longue absence de vos protecteurs qui m'avaient payé votre gîte et entretien pour deux jours seulement, et qui n'ont pas encore paru, bien que le troisième soit déjà à moitié passé. Sur ma tête, je tiens les chevaliers d'Aunoy pour bons et loyaux gentilshommes; mais le gibet de Montfaucon pourrait bien prévaloir sur leur bonne envie de bien faire. Par ainsi, messire écolier, j'avise que vous ferez bien de ne pas faire trop grand fond sur la promesse de ces seigneurs.

— Ce qui veut dire, maître Hobin, qu'il est temps pour moi de chercher gîte ailleurs; et sur mon âme, c'était à quoi je pensais lorsque vous êtes entré. Mais avant tout ne sauriez-vous me dire ce dont les chevaliers sont accusés, pour qu'il soit question de leur ménager une si triste admonition?..... Pendre des gentilshommes! cela n'est-il pas contraire aux us, coutumes et priviléges de la noblesse de France, à moins qu'il n'y ait crime de haute trahison?

— Et qui peut affirmer qu'il n'en est pas ainsi?

— Qui?... Par la mort-Dieu! ce sera moi qui affirmerai cela, et qui le crierai haut et ferme...

— Messire, fit l'hôtelier en souriant ironiquement, vous ne faites pas attention que les gens qui seront assez puissants pour faire pendre deux chevaliers, ne seront guères embarrassés de faire taire un écolier. »

Olivier sentit la justesse de ce raisonnement; il parut se calmer, et saisissant son chaperon, il descendit rapidement le noir escalier de l'hôtellerie et il sortit.

EUTE D'ÉTUDIANTS. — LES ÉCOLIERS SONT VAINCUS.

Olivier se dirigeait vers la rue du Feure, rendez-vous ordinaire de tous les écoliers, lorsqu'il fut contraint de s'arrêter au carrefour de la rue Saint-Jacques où le peuple s'était assemblé au son de trompe d'un héraut; l'écolier monta sur un banc de pierre, et il entendit le héraut qui clamait ces paroles :

« De part notre sire le roi Philippe-
« le-Bel, ont été les chevaliers Gaul-
« tier d'Aunoy et Philippe d'Aunoy
« jugés et déclarés traîtes et félons
« envers notre dit sire, et en répa-

» ration d'icelles traîtrise et félonie, « ont été les dits chevaliers condam- « nés à être étranglés et pendus au « gibet de Montfaucon jusqu'à ce que « que mort s'en suive, pour leur « chair servir de pâture aux cor- « beaux. Ladite sentence et condam- « nation, approuvée par le roi, dé- « vant être mise exécution ce jour- « d'hui. »

« Vive Dieu! dit Olivier, n'est-ce pas la main puissante de madame Jeanne qui va mettre à mort ces braves seigneurs en récompense du service qu'ils m'ont rendu?... Cela étant, je leur dois aide et secours, et point ne leur faudrait encore qu'ils eussent été condamnés pour autre cause.... Los aux écoles! et mes amis me soient en aide! Ce ne sera pas la première fois que les gens du roi auront lâché pied devant les écoliers. »

Dix minutes après, Olivier, monté sur une table, au milieu d'une taverne de la rue du Feure, haranguait ses amis qui ne demandaient mieux que de saisir quelque prétexte de trouble et de sédition.

«-Compaings, disait-il, sa[illegible]ous pourquoi le roi notre sire veut faire bailler aux corbeaux ou jeter aux chiens deux des plus braves chevaliers de son royaume? C'èst que lesdits chevaliers étaient amis de nous autres doctes... C'est que ces braves seigneurs ont sauvé un des nôtres qu allait passer de vie à trépas, du fait de la traîtresse et adultère Jeanne de Bourgogne; et cestui miraculeusement sauvé par messeigneurs d'Aunoy, c'était moi, Paul Olivier... Sus, qui a du cœur me suive; haro sur les pendeurs de nobles... à Montfaucon!...

—A Montfaucon! répétèrent mille voix; los aux écoles! hurra! mort aux bourreaux!

Et soudain une longue file d'écoliers sur deux de front sortit en ordre de la rue du Feure, et après avoir passé la Seine au pont Planche-Mibray se dirigea vers Montfaucon où depuis le matin, deux gibets neuf avaient été dressés. Presque en mêm temps que le gros de cette troupe d'étudiants, les condammés arrivaient sous bonne escorte. A peine eurent-ils été aperçus par les écoliers, que du milieu de ces derniers partirent de violentes clameurs.

« Sus! sus aux archers! criait-on, mort aux gendarmes!... au gibet le bourreau!... »

En même temps l'air fut obscurci d'une grêle de pierres dirigées sur les soldats qui commencèrent alors à charger les écoliers. Parmi ceux-c beaucoup étaient armés de lourds bâtons ferrés dont leur adresse faisait des armes plus redoutables que les piques des soldats; presque tous portaient une longue dague, et beaucoup avaient fait provision de pierre qu'ils portaient dans le devant d leurs robes. Aussi firent-ils bonn contenance: ils attendirent les soldats de pied ferme, et, après avoir

épuisé leurs projectiles, ceux qui

s'etaient placés au premier rang

commencèrent à jouer de leur terrible bâton avec tant de succès qu'ils furent en un instant maîtres du champ de bataille; déjà les chevaliers étaient entraînés loin de là par leur escorte, que suivait de près Paul Olivier, à la tête d'un groupe d'écoliers qu'il encourageait du geste et de la voix, en même temps qu'il s'efforçait de se faire entendre des frères d'Aunoy qu'on avait traînés presque mourants sur le lieu du supplice; car ce n'était qu'après les avoir horriblement mutilés qu'on les avait extraits de leur cachot.

« Face! face! messeigneurs, criait l'écolier; je viens vous rendre cejourd'hui ce que je reçus de vous l'autre jour..... faites donc que ces couards nous tournent visage. »

La victoire des écoliers semblait complète; ils étaient maîtres du terrain, et les soldats continuaient a fuir; mais cela ne dura pas; un gros de gendarmes arriva et chargea tout-à-coup tête baissée et au galop sur les mutins; encouragés par ce renfort, les archers revinrent sur leurs pas, et la mêlée recommença plus errible, et après quelques instants ce fût au tour des écoliers de lâcher pied. En vain Olivier fit-il des efforts surhumains pour rallier les fuyards, il ne fut bientôt plus entouré que des plus braves. Tout n'était pourtant pas perdu et il paraissait impossible que l'exécution eût lieu ce jour-à, e qui était déjà un grand succès.

Cependant, Jeanne venait d'apprendre ce qui se passait; elle rugit comme une lionne lorsqu'elle sut que sa proie avait failli lui échapper, et elle se fit rendre compte des moindres détails de cette insurrection d'écoliers qui avaient osé attaquer en face et à découvert les troupes du roi. Bientôt elle ne douta plus que cette révolte n'eût pour chef Paul Olivier, ce gentil écolier admis à sa couche adultère et miraculeusement sauvé par les frères d'Aunoy.

« A quoi pensez-vous donc, Jérôme? dit elle à l'exécuteur de ses criminelles volontés ; pourquoi avoir quitté la place avant d'avoir, d'un coup de dague, contraint à garder le silence ce jouvenceau, qui n'est autre que Paul Olivier? Etes-vous si mal habile que vous n'ayez pu le reconnaître et le joindre?

— Ce n'est pas faute de l'avoir tenté, madame; mais ces damnés ribauds semblaient avoir le diable en leurs chausses, et si dextrement jouaient-ils du couteau que monseigneur saint Michel en personne ne se fût fait jour parmi eux.

— Fi! des couards qui fuient devant des enfants..... A cette heure, Jérôme, il vous faut opter entre deux cents écus d'or, que vous comptera mon trésorier, si, avant la fin du jour, Paul Olivier est par vous gentiment mis à mort, et le gibet pour vous et les vôtres si mes volontés ne sont point faites.

— De par tous les démons d'enfer! s'écria l'assassin, les deux cents écus d'or tomberont ce soir dans mon escarcelle. »

Il courut aussitôt rejoindre ses compagnons qui l'attendaient dans la cour de l'hôtel.

« Sus! sus, aux écoliers, leur dit-il, la saignée printannière est de bon produit. »

Et ils reprirent le chemin de Montfaucon. Bientôt ils rencontrèrent plusieurs gros d'écoliers qui se retiraient désespérant de l'entreprise; car les gens du roi avaient repris l'offensive depuis qu'il leur était venu du renfort, et la partie n'était plus égale.

« Hurra! pour les écoles, cria Jérôme en agitant le lourd bâton ferre dont il était armé. Compaings, nous vous venons en aide.

— Ce sont paniers après vendanges, répondit l'un des chefs que s'étaient donnés les étudiants; mais si vous voulez votre part de horions, c'est encore heure propice, et vous pourrez joindre Paul Olivier, qui a fait vœu de ne pas quitter la partie tant qu'à sa main pourrait tenir une dague. Tue-Dieu! les sires d'Aunoy lui doivent un beau cierge! »

Jérôme passa outre, satisfait de savoir où trouver le jouvenceau, que bientôt en effet il aperçut au milieu d'un groupe qui lui était demeuré fidèle.

« Los! aux écoles, cria de nouveau le traître, en s'avançant vers les écoliers.

— Vivat! répondirent ces derniers; place aux frères?

Et les rangs s'ouvrirant pour re

cevoir les nouveaux venus. Alors Jérôme, saisissant une courte dague cachée dans la manche de sa robe, s'élance vers Olivier, qui se trouvait à découvert, et, à trois reprises, il lui plongea son fer dans la potrine. L'écolier tomba, se roula pendant deux secondes dans la poussière, et rendit le dernier soupir sans avoir pu proférer un mot. En ce moment, les soldats achevaient de mettre les étudiants en déroute.

« Montjoie! s'écrièrent Jérôme et les siens, se voyant cernés, le traître est mort. A la potence le corps de ce chien ! »

SUPPLICE DES CHEVALIERS D AUNOY. NOUVEAUX CRIMES DE JEANNE DE BOURGOGNE ET DE LA REINE DE NAVARRE. — LE ROI LES FAIT ENFERMER.

Cependant, Jeanne était fort in-

quiète sur les suites de cette sédition qui avait pris tout d'abord un caractère si alarmant : un instant elle se crut perdue, et elle eut peur.

« Petit, disait-elle tremblante au plus jeune de ses pages, ne saurais-tu te faire jour au milieu des soudards qui couvrent le chemin de Montfaucon, et arriver jusqu'à ces félons chevaliers que l'on mène pendre de par le roi et justice ? »

Ce page se nommait Oscar de Falvigny ; il n'avait que quinze ans ; mais déjà dans sa poitrine d'enfant battait un cœur d'homme. Ces paroles de Jeanne le grandirent à ses propres yeux.

« Madame, repondit-il avec une noble assurance, je ne sais rien d'impossible, si ce n'est de faire ce que vous défendez ; j'irai donc à l'instant, pour l'amour de votre service, partout où il vous plaira de m'envoyer, et ferai toute chose que vous ordonnerez, car Oscar de Falvigny est à madame Jeanne de Bourgogne et non à d'autres !

— C'est noblement répondre, enfant, et pour prix de ce te ferai-je promptement gagner tes éperons. Mais, sur ta tête, n'oublie pas ce que tu viens de dire : tu es à moi et non à d'autres.

— Sur mon âme, noble dame, j'oublierais plutôt au jour du jugement dernier de réclamer ma part du paradis.

— Il te faut donc courir vers ces chevaliers présentement entre les mains du bourreau ; et si d'aventure il appert que les séditieux et turbulents soient assez forts pour empêcher la pendaison de ces traîtres, tu leur diras ceci : « Madame Jeanne de Bourgogne, comtesse de Poitiers, m'envoie à vous pour vous offrir grâce dans le cas où vous auriez repentance de l'outrage que vous lui avez fait, et consentiriez à confesser devant témoins que l'avez offensée à tort et méchamment.

— Et s'ils consentent à le faire ?

— Que l'un d'eux alors soit conduit au lieu de la sédition où un héraut l'accompagnera à effet de clamer cette répentance et confession, et que, la sédition apaisée, tous deux soient reconduits en prison pendant qu'irai implorer pour eux le pardon du roi.

— Qu'ainsi soit fait, madame, car, à vrai dire, c'est piteuse chose que deux des plus braves chevaliers du royaume passent de vie à trépas comme de vils manants ou larrons. »

Sur ce, Oscar sontit, s'élança sur l'un des plus vigoureux coursiers de la princesse, et se dirigea vers Montfaucon avec la rapidité de l'éclair. Les troupes étaient presque entièrement maîtresses du terrain lorsqu'il y arriva, et il ne tarda pas à apercevoir les chevaliers qu'une forte escorte ramenait sur le lieu de l'exécution.

« Messires d'Aunoy, cria le page, je viens vous offrir grâce et merci de la part de madame la princesse Jeanne de Bourgogne.

— Arrière, mignon ! répondit Gaultier d'une voix presque éteinte par la douleur ; nous ne voulons rien de cette infâme prostituée. »

Le visage d'Oscar devint pourpre d'indignation ; car il sentait que l'injure faite à la princesse rejaillissait sur lui ; pourtant il se calma en remarquant l'horrible mutilation que l'on avait fait subir aux deux frères, qui déjà semblaient près de rendre le dernier soupir.

— Chevaliers, reprit-il, la douleur vous égare sûrement, et de sang-froid ne diriez telles vilaines paroles. Donc, s'il vous plaît, réfléchissez un instant, et avisez en prudes hommes ce qu'il convient faire en si fâcheuse occurence. Pour moi, je prie Dieu qu'il vous plaise reconnaître et confesser vos torts envers ladite princesse, qui présentement se dispose à se rendre près de notre sire, le roi, pour en obtenir que vous ayez la vie sauve.

— Non ! non ! dit à son tour Philippe d'Aunoy en faisant un violent effort, point ne veux grâce ni merci, à cette heure que la vie ne saurait être pour nous que chose mal plaisante... La mort ! la mort ! et que Jeanne soit damnée !...

Le page voulut encore insister, mais Gaultier, lui jetant un regard de pitié, dit :

« Enfant, ne te fais davantage l'avocat de messire le diable, non plus que de sa très chère fille, madame Jeanne, laquelle pourra bien payer ce service en noyades ou coups de dague, voire même en corde neuve à l'usage du bourreau.

R.F.

— Je jure Dieu, messire, que la princesse est présentement en grand' peine et souci de vous, et qu'elle ne désire rien si ardemment que de vous sauver. Derechef donc, je vous supplie de confesser vos torts. »

Les chevaliers ne répondirent point à ces dernières paroles du page; seulement Gaultier se tournant vers le bourreau, lui dit :

« Compère, ne sauriez-vous mieux faire ce jourd'hui l'office de votre charge? Par le vrai Dieu! il y a une heure que nous devrions être pendus. »

Et, tandis que le funèbre cortége continuait sa marche vers le gibet, le jeune page retournait tristement à l'hôtel de Nesle, en déplorant la fatale résolution des deux chevaliers.

Holà, petit, quelles nouvelles apportes-tu? fit Jeanne lorsqu'elle aperçut Oscar.

— Mauvaises, madame, les chevaliers ont tout refusé.

— Satan, veuille donc les avoir en ses griffes !..... J'espère au moins qu'on aura fait justice des séditieux ?

— Les soudards et hommes d'armes du roi sont demeurés maîtres de la place où présentement les chevaliers d'Aunoy doivent avoir passé vilainement de vie à trépas.

— Et que t'ont dit ces traitres, enfant ?

— Les malheureux souffraient si cruellement qu'ils semblaient n'avoir plus l'usage de leur raison ; qu'il vous plaise donc, madame, me dispenser de répéter propos d'insensés.

— Oui dà ! les félons m'ont donc bien mal traitée en paroles ? Que t'ont-ils revélé ? Je le veux savoir, et t'ordonne de ne me rien sceller. »

Il fallut bien qu'Oscar répétât les

propos des patients, ce qu'il ne put faire sans qu'une vive rougeur couvrît son front. Pendant qu'il parlait, Jeanne était en proie à une agitation violente ; elle changea de couleur à plusieurs reprises ; tous les traits de son visage étaient contractés, et ses yeux semblaient lancer des éclairs.

« Ils ont dit que je te ferais tuer ? dit-elle d'une voit stridente, quand Oscar eut cessé de parler.

— De grâce, madame, vous plaise oublier tels vilains propos, que je n'ai répétés que par votre ordre exprès.

— Écoute, enfant !... Ils ont dit cela, et ils ont dit vrai... »

Le page fit deux pas en arrière.

« Tu trembles ? dit Jeanne.

— Sur mon âme, je ne saurais dire présentement si je suis bien éveillé.

— Ils ont dit vrai, repris Jeanne ; ta vie est à moi, et c'est un bien dont je disposerai si jamais il t'arrive de proférer un mot de tout ce que tu as vu, fait et entendu aujourd'hui.

— Je conviendrai volontiers que la trahison doit être ainsi punie, noble dame; mais qu'il me soit permis d'ajouter que présentement la menace est de trop pour moi qui n'ai failli, et ne veux faillir. »

Jeanne se tut, et d'un geste elle congédia son page qui s'éloigna triste et pensif.

Cependant les chevaliers d'Aunoy étaient arrivés sur le lieu de l'exécution; et cette fois personne ne les disputant au bureau, il furent pendus aux gibets qui avaient été préparés pour eux; puis, un peu plus loin fut suspendu le cadavre sanglant de l'écolier. Jeanne voulut se repaître de ce hideux spectacle, et, le lendemain, accompagnée d'une suite nombreuse, elle vint à Monfaucon.

« Sur mon âme, dit elle en contemplant les cadavres des chevaliers d'Aunoy, madame ma sœur et la reine de Navarre sont dames expertes ! »

Puis, regardant le cadavre d'Olivier, elle ajouta :

« C'est pitié d'avoir mis à male mort ce pauvret ! »

Et deux jours après la Seine avait englouti de nouveaux cadavres lancés de la tour de Nesle ; mais les gens qui purent voir d'aventure les sacs flotter à la surface de l'eau n'eurent garde de les en tirer, et les pêcheurs s'éloignaient de ces masses flottantes en disant : *Laissons passer la justice de madame Jeanne*.

Au bout de deux mois pourtant la voix publique s'éleva avec tant de violence contre cette tigresse, que le roi la fit arrêter et conduire au château de Dourdan ; mais elle en sortit bientôt, à la mort de Philippe-le-Bel, qui arriva cette même année.

Quant à la reine de Navarre et à Blanche de Bourgogne, ce ne fut que bien longtemps après qu'elles recouvrèrent leur liberté; encore ne quittèrent-elles le château Gaillard, où elles avaient été enfermées, que pour passer le reste de leur vie dans la retraite.

ISABEAU DE BAVIÈRE.

Charles VI monta sur le trône en 1380, à l'âge de douze ans, devint fou en 1393 et vécut vingt-neuf ans frénétique.

Charles, bien ou mal inspiré, avait fait choix d'un cerf pour devise : singulière devise pour quiconque prend femme, et que la fille du duc de Bavière se chargea de justifier en devenant sa compagne royale.

Son futur époux, ne s'en rapportant point au portrait de cette princesse, voulut la voir lui-même avant de l'épouser, et en outre la faire visiter par des matrones pour savoir si elle était propre aux conséquences de l'amour. Un examen scrupuleux détruisit tous les doutes.

Isabeau de Bavière s'amouracha d'un jeune seigneur, Louis de Boisbourdon ; leur commerce amoureux eut toute la publicité possible, et l'insolence du favori devint si éclatante, qu'ayant un jour rencontré le dauphin, qui avait succédé à Charles VI, sur le chemin de Vincennes, à peine le salua-t-il sans daigner s'arrêter. Le roi, indigné de cette irrévérence et du commerce scandaleux qui existait entre ce seigneur et Isabeau sa mère, le fit arrêter, mettre à la question, et enfermer dans un sac qu'on jeta en plein jour dans la Seine, avec un écriteau portant : *Laisser passer la Justice du Roi.*

Isabeau, furieuse, se ligua contre le roi son fils, et se donna corps et âme au duc de Bourgogne, son mortel ennemi.

Le duc de Bourgogne, assassiné à son tour, Isabeau en accusa le roi son fils ; elle en voulut tirer vengeance, et fit tout ce qu'il lui fut possible pour transporter la couronné de

France sur la tête du monarque anglais, Henri V de Lancastre, qu'elle osa installer dans le palais même de son époux.

Volontairement tombée du rang qu'elle occupait, Isabeau mourut dans un état de pauvreté voisin de la misère.

POISSY. — TYPOGRAPHIE ARBIEU.

www.ingramcontent.com/pod-product-compliance
Ingram Content Group UK Ltd.
Pitfield, Milton Keynes, MK11 3LW, UK
UKHW021110200726
13857UKWH00003B/1160

9 782012 951648